Männer wollen nur das eine......

...na und !?!?

Widmung ?

bekommt jede Dame
auf persönlichen Wunsch

Steffen Fruth & Bernd Belitz
November 2001
67480 Edenkoben
Herstellung: Books on Demand GmbH, Norderstedt
Alle Rechte liegen bei den Autoren
ISBN 3-8311-2997-5

Steffen Fruth & Bernd Belitz

Warum dieses Buch geschrieben wurde!

Einer der ausschlaggebenden Faktoren war der folgende
Bericht in der Tageszeitung "Die Rheinpfalz":

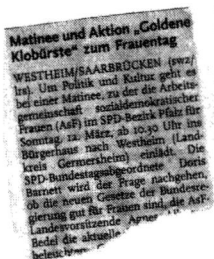 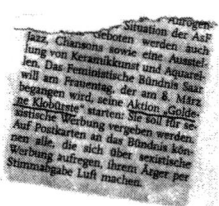

Wie wir mit freudigem Erstaunen der Tageszeitung "Die
Rheinpfalz" entnehmen konnten, wollen Frauenrechtlerin-
nen demnächst die

"Goldene Klobürste"

für sexistische Werbung vergeben. Wir finden das endlich eine gelungene Kampagne gegen die versaute
Männergesellschaft und bewerben uns hiermit
für diesen ehrenvollen Preis.

.....her damit !!

Inhaltsverzeichnis

Bedienungsanleitung

Wir empfehlen mit dem lesen auf der Seite 1 zu beginnen und dann numerisch fortzufahren. Zu diesem Zweck haben wir die Seiten durchgezählt und mit der jeweiligen Zahl unten rechts oder links bedruckt. Vielleser oder Internet-Freaks können jedoch auch kreuz und quer durch die Seiten surfen. Damit sie wieder nach Hause finden (Startseite) hilft ihnen unsere Juchhuu Suchmaschine mit der wir wohl bald an die Börse gehen. Die Benutzung ist denkbar einfach. Folgen sie mit ihrem rechten Zeigefinger den Zahlen 1 bis 23. Wenn sie mit dem Zeigefinger nach rechts fahren finden sie zuerst die Titelüberschrift und ganz rechts die Seitenzahl wo sie die gesuchten Texte dann finden. Öffnen sie nun mit beiden Händen das Buch und blättern mit einem befeuchteten Finger die Seiten einzeln um bis sie an der gesuchten Seiten-zahl angekommen sind. Linkshänder verfahren genauso wie oben beschrieben oder drehen das Buch einfach einmal um die Längsachse (Vertikale), wobei das Inhaltsverzeichnis nach oben ausgerichtet bleiben muß. Sollten sie wider Erwarten hängenbleiben rufen sie ein-fach unsere Beratungs Hot-Line an, dort wird Ihnen unbürokratisch für nur 10,00 Euro pro Minute weitergeholfen.

Wir über uns:

Steffen Fruth und Bernd Belitz haben bereits kurz nach
der Geburt erste Erfahrungen mit Frauen gemacht.
Nackt fotografiert auf Tisch, Stuhl und Bärenfell,
betatscht von jedem dahergelaufenen weiblichen Wesen
das immer behauptet hat eine liebe Tante zu sein. Dann
im Kindergarten die blöde Iris die immer Doktor spielen
wollte -Iris war übrigens die Gruppenleiterin-. Als Teen-
ager dann ging es erst richtig zur Sache. Immer nur das
eine hatten die Mädels im Kopf. Auch die sexuelle Belä-
stigung am Arbeitsplatz wurde unerträglich.... gib mir
mal deinen Stift wurde da leise getuschelt oder die zahlreichen, als unabsichtlich getarnten Berührungen auch
Ohrfeigen oder Backpfeifen genannt haben uns geprägt.
Durch diese Erfahrungen gelenkt und um nicht in die
Perversion abzudriften haben wir uns den Frust und die
Angst aus dem Leib geschrieben. Das folgende Werk
hilft uns mit unserem Leben wieder ins Reine zu kommen
und von den Tantiemen aus dem Verkauf des Buches
gründen wir eine Stiftung mit dem Ziel junge Mädchen
auf den richtigen Weg zu bringen mit der Vision einer
besseren Welt wo sich Mann und Frau als gleichberech-
tigt respektieren.

Steffen Fruth

"Hast du gesehen Blondzöpfchen...
wer mich nicht als Mann respektiert
kriegt sofort eins aufs Auge.

Bernd Belitz

Sobald die Alten die Fliege gemacht
haben, schmeiß ich die dämliche
Schultüte ins Eck und vernasche die
süße Blondine mit den rosa
Schleifchen im Haar.

Abteilung Stift und Pinsel

Was wir in Worte gefaßt haben, in Bildern
und Illustrationen festzuhalten, als ob man Ge-
danken in den PC einscannen könnte, ist eine
Kunst die die Zeichner Peter und Heinrich von
der Agentur PALETTI in Kandel meisterhaft
verstehen. Das Werk stundenlanger Arbeit und
circa 2517 Zigaretten können sie auf den
Folgenden Seiten bewundern.
Vielen Dank dafür.
Es lohnt sich jedoch parallel dazu auch den Text
zu lesen.

PALETTI

Comics & Illustrationen   Hauptstr. 86   76870 Kandel

Danksagungen

Die vielen Menschen (vornehmlich Frauen) zu erwähnen, ohne welche dieses Buch nie möglich geworden wäre, würde den Rahmen sprengen.

Hier nur die wichtigsten Personen die auch während der Recherche und Zusammenfassung der Inhalte maßgeblichen Input geleistet haben:

Josef, der Wortgewaltige Befürworter und Unterstützer, *Petra,* die Lebefrau und Beschützerin tausender Arbeitsplätze in der Kosmetikindustrie, *Christiane,* die Kämpferin für Frauenrechte und Hüterin der heiligen Klobürste, *Dörte,* die den Anstoß gab, *Katja,* die Männer nur als Sexobjekte sieht, *Roswitha,* die sich nie mit weniger als 20 cm abgibt, *Manfred* der uns immer einen Schritt voraus war, *Constanze,* die erste Testpilotin, *Inge* und *Hedda,* die uns zu dem machten was wir heute sind, *Arwid,* der sich wegen der kniffligen Scanvorlagen noch alle vorhandenen Haare extrahiert hat und ....

MS Franziska die niemals untergeht !!!

Zitate

Dass wir mit unseren Befürchtungen, Vermutungen, Einschätzungen und Erfahrungen nicht alleine stehen zeigen die folgenden Zitate!

**Ich werde sterben, ohne die Frauen
jemals verstanden zu haben.**

Alain Delon
(franz. Schauspieler)

**Zuerst schuf der liebe Gott den Mann,
dann schuf er die Frau.
Danach tat ihm der Mann leid
und er gab ihm Tabak und Alkohol.**

Mark Twain
(amerik. Schriftsteller)

**Männer bedenkt immer :
egal wie schön und sexy eine Frau aussieht,
irgendwo da draußen läuft einer herum,
der froh ist, sie los zu sein.**

Bernd Belitz
("noch" unbekannter Schriftsteller)

Frauen

oder:

Der fatale Einfluß einer Unachtsamkeit auf die weibliche Evolutionsgeschichte.

In sechs Tagen schuf Gott die Erde
auf dass sein Werk vollkommen werde.

Am siebten Tag – er sammelt Kraft
sieht er den Adam – voll im Saft

da merkt er auf – ein grober Patzer
dem fehlt die Frau – ansonsten platzt' er.

Ne Rippe hatte er noch über, und munter
schnitzt er die Eva und schickt sie runter.

Das Hirn war klein die Brüste weich
dem Adam war das damals gleich

So kommt's, baut man in aller Schnelle
zu kurz kommt dann auf alle Fälle,

die Qualität von dem Produkt
doch keiner hat dort aufgemuckt.

Mal sieht man´s gleich ohne zu fragen
mal merkt man´s erst nach vielen Tagen.

Doch unbemerkt bleibt es leider nicht
kommt doch die Wahrheit stets ans Licht.

Auch Adam merkt zu spät – wie Dieter Bohlen-
die kann nicht kochen dieses Fohlen,

hol dir doch einen runter, sprach sie anstatt,
meinte den Apfel dann wirst du satt.

So kam es, dass schon die erste Braut
dem Mann das Paradies versaut.

Seid fruchtbar und mehret euch, per Dekret
tun Männer stets was geschrieben steht.

Doch ist der Prototyp schon fatal
Millionen Frauen an der Zahl,

werden es danach noch bunter treiben,
die Männer müssen weiter leiden.

Nur zum Beweis steht dies Gedicht
Erfinden kann man so was nicht.

Bereits im Reich der Pharaonen
manch Frau will an der Spitze thronen.

Und das Ergebnis – will es nicht vertiefen
eingemeißelt als Hieroglyphen.

Schnell hatte es sich ausgescherzt
Ramses & Co sind ausgemerzt.

Dann die Jungfrau -ha- von Orleans
war überall und nirgendwo.

Statt brav im Bett oder am Herd
lernte kämpfen und reiten (das Pferd).

War niemals wo sie hingeboren
der König hat den Krieg verloren.

Die Schlacht vorbei – die Jungfrau stumm
Männer sind heute noch so dumm.

Jetzt noch ins 20igste Jahrhundert
selber schuld wer sich noch wundert.

Als ob es nicht der Plag genug
kommt jetzt noch der Emanzenzug.

Von Alice Schwarzer angeführt
labert von Gleichheit ganz ungerührt

"mein Bauch gehört mir" – na und du Luder
wir Männer bleiben doch am Ruder

das wichtigste wonach Männer streben,
sind feuchte Lippen die nicht reden.

21

Der einzige der es richtig machte
war König Heinrich – und zwar der Achte.

Wart's ihm zu bunt mit einer Schlampe
ging sie "Ruck-zuck" über die Rampe.

Das ganze Volk kam angelaufen
brannte erneut der Scheiterhaufen.

Man sagt es waren bis zu acht
die Heinrich so hat kalt gemacht.

(Die Köpfe rollten das ist schlüssig,
der Weiber derer Heinrich überdrüssig,

doch reimen muß sich ein Gedicht
das tut es in diesem Falle nicht.

Das Resultat ist stets das gleiche
übrig bleibt die Frauenleiche.)

Der Fairness halber ich berichte
auch Ausnahmen machten Geschichte.

Die Mutzenbacher Josefine
war wirklich keine prüde Trine.

Männer standen in langen Schlangen
zu stillen natürliches Verlangen.

Animalisch sind der Männer Triebe
wir stehen dazu – vergess die Liebe

bei Josie konnten alle landen
die hat uns Männer halt verstanden.

Komm runter nun von Wolke sieben
die Frauen sind total durchtrieben

o-Gott mach stumm und willig alle
nicht reden soll die Venusfalle

25

nur zum Gebrauch bei starker Lust,
das ist dir hoffentlich bewußt,

macht Sinn die Frau im Männerleben
danach wollen wir nun alle streben.

Verzeiht uns..
wenn uns nur noch Hormone lenken
können Männer nicht mehr denken

nicht Herr der Sinne - willenlos
sehen wir den Körper bloß

vielleicht ist es der blanke Neid
der uns treibt dann tut´s uns leid

und wollt ihr wissen die Moral
lest auf der letzten Seitenzahl.

Treu, ehrlich und von Respekt getrieben
ihr Frauen müßt uns einfach lieben.

ENDE

Männer sind Tiere!

-Gedichtszyklus -

Der Hahn

Ein Hahn stand hoch auf seinem Hügel
Und sah herab auf sein Geflügel.

Bei einer schwoll ihm die Antenne,
es war die allerschärfste Henne.

Er denkt nun nach - was soll er tun,
wie kriegt er es rum das heiße Huhn.

Er stellt sich auf, markiert den Gockel,
rutscht dabei aus und fällt vom Sockel,

rollt herab – den ganzen Hügel,
bricht sich dabei beide Flügel.

Der Bauer sieht's – nun kann man´s raten,
der Gockel wird zum Sonntagsbraten.

Nun zur Moral – und sind wir ehrlich
ein scharfer Gockel lebt gefährlich.

Der Igel

Frühling war es und Igel Fritz
war wieder mal unglaublich spitz.

Der Winter war gar hart und schwer
doch drauf geschissen - ne Frau muß her.

Und kurz darauf - so kann es gehen
sieht Fritz eine in der Ecke stehen.

Er drauf und dran ohne viel Worte
Oh man war das ne scharfe Torte.

Mit den Stacheln waren sie verkeilt
ob das alles wieder heilt?

Doch wer denkt an Wunden jetzt
bei sowas wird man gern verletzt.

Danach eine Kippe - das ist Pflicht
Fritz raucht - die Wurzelbürste nicht.

Das Krokodil

Kurt ein nettes Krokodil
Lebte wo? - na klar am Nil.

Und wie es sich ergeben sollte
vermählte er sich mit Isolde.

Isolde war eine resolute
keine ruhige wie die Ute.

War elegant und hatte Stil
und davon ausgesprochen viel.

Wußte immer was sie wollte
und Kurt hörte auf die Holde.

Ein paar Schuhe wären gut,
eine Tasche, ein neuer Hut.

Kurt ging weg und kam zurück
doch leider nicht an einem Stück.

Als Täschchen und als schöne Schuhe
findet Kurt nun endlich Ruhe.

Isolde trauert angemessen
hat der Kerl den Hut vergessen.

Der Hund

Ein Dackel, er hieß glaub ich Paul
war aus Leidenschaft sehr faul.

Es verliebte sich die faule Socke
in eine langbeinige Dogge.

Sie war adrett, schön und famos
und außerdem für Paul zu groß.

Er konnte ackern wie er wollte
Paul kam nicht ran an seine Holde.

Nur zur Verteidigung von Dackel Paul
sie war sauhoch, fast schon ein Gaul.

Nach kurzer Zeit war's ihm zu bunt
er suchte sich nen anderen Hund.

Lacht sich einen Yorkshire an - welch Segen
bei dem muß Paul sich kaum bewegen.

Fazit:

Wen hör ich sagen - das ist nicht schön
auf Innere Werte muß man sehen.

Aufs Wesen sehen sind edle Ziele
doch faule Dackel gibt es viele,

innere Werte sind zwar schön
doch poppen muß doch auch noch gehen.

Das Warzenschwein

Otto unser Warzenschwein
wollt nicht mehr alleine sein.

Auch wenn man es kaum glauben kann
macht er sich an eine Wildsau ran.

Von Natur aus ziemlich häßlich
fand Sie ihn natürlich gräßlich.

Doch was uns die Geschichte lehrte
Otto hatte innere Werte.

War sein Aussehen auch beschissen
grunzte er ihr nie dazwischen,

war ruhig, genügsam und sehr nett
für eine Sau nicht mal zu fett

und viele Mädels - nicht nur eine
stehen ja auf nette Schweine.

Drum haut gehörig auf den Putz
und macht gelegentlich die Wutz,

gibt es was schöneres als wenn Frau
leise säuselt – „Du kleine Sau".

Der Hengst

Ein Pferd - klein, dick und schwer
nein- Pony trifft´s wahrscheinlich eher,

hatte was, dass war sehr übel
nämlich einen kleinen Schniedel.

Denn von Natur aus gut bestückt
und die Stuten oft beglückt,

ist es bekannt - und auch zum kotzen,
dass die Viecher damit protzen.

Nun unser Freund - der arme Wicht
konnte dies nun schon mal nicht.

Wollte er mal Liebe machen
hörte er nur lautes Lachen,

tief verletzt und stark gekränkt,
hätte er sich fast ertränkt.

Doch dann kam Deckhengst Heinz nach Hause
er kam gerade von einer Sause,

abgemagert bis auf die Knochen
bis der gesund ist - dauert es Wochen.

Nur schwer hält er sich auf den Beinen
na dann doch lieber einen Kleinen.

Der Frosch

Franz war ein kleiner frecher Frosch
der sich gern mit anderen drosch,

dabei ging es recht hoch her
der Grund - ne Frau - das war nicht schwer.

Doch war es nicht nur irgendeine
sie war echt süß - die grüne Kleine.

Ihr Mund - breit wie ein Garagentor,
die Augen quollen keß hervor,

die Beine krumm wie scharfe Säbel,
man - war das ein klasse Mädel.

Für Franz lief´s gerade nicht so toll
er bekam ganz schön die Hucke voll.

Doch dann geschah es - welch ein Schreck,
es kam der Storch und schnappt sie weg.

Da hielten sie inne - und Franz sagte laut
und du blöde Kröte - hast an den nie geglaubt.

Der Vogel

Ein Vögelein gar lieb und fein
das ließ sich auf den Frühling ein.

Er war gar lieblich, süß und flink
er war kein Spatz, er war ein Fink.

Er baute sich ein prima Nest
zur Einweihung gab es ein Fest.

Nach der Arbeit, nach dem ackern
wollte er natürlich baggern.

Er fragte cool bei jeder nach
doch keiner war´s zur Zeit danach.

Pfeif auf die Finken diese Pfauen
es gibt ja auch noch andre Frauen.

Frau Lerche und die Nachtigall
er war nur leider nicht ihr Fall.

Zum Kuckuck mit dem ganzen Rest
sprachs und vermietete sein Nest.

Ein Mietvertrag bis Mitte Mai
bis dahin flog er nach Hawaii.

Nun meine Freunde lasst uns fragen
was wollen uns diese Zeilen sagen?

Schuld waren die Frauen, die frigiden,
dass Vögel in den Süden fliegen.

Die Fledermaus

Eberhard die Fledermaus
flog betrunken sehr gern aus.

Die Strecke kannte er im Traum
flog sicher um fast jeden Baum.

Fast - es war eine Eiche - sonderbar
die stand doch gestern noch nicht da,

dann wurd es dunkel - ziemlich schnell
er wurde wach - da war es hell.

Er sah alles doppelt und verschwommen
der Schädel dröhnt - er war benommen.

Er sah wie im Nebel - war noch halb blind,
eine Mäusemutter - mit ihrem Kind.

Sie starrten ihn eine Weile an
betatschten ihm am Flügel dann,

dann sagt die Mutter zu dem Bengel
nein mein Sohn das ist kein Engel.

Das können Sie - die alten Schrauben
den Kleinen - die Illusionen rauben.

Frauen und Sexualität!

Wir wollen eine streng wissenschaftliche Analyse des Sexualverhaltens der Frauen vornehmen, die gänzlich frei von Emotionen und Spekulationen ist.

Die Wurzeln unserer Sexualität!

Die Sexualität wird, wie alle Ur-Instikte, vom Stammhirn gesteuert und ist ein Relikt aus der Zeit wo es noch keine Benimm-Regeln gab, man sich nach dem Essen nicht den Mund abwischen musste und nach dem Sex nicht den Sch.... aber das gehört jetzt nicht hierher und wird in einem späteren Kapitel noch ausführlich erörtert.

Die Ur-Instikte wie Hunger, Durst, Angst und natürlich auch Sex, sind ein Erbe unserer Vorfahren. Diese Primaten die noch auf allen Vieren liefen, was übrigens heute noch bei Menschen ab 2,5 Promille Alkohol beobachtet werden kann, haben uns die ursprünglichste Form der Sexualität weitervererbt und somit die Verpflichtung dieses Weltkulturerbe zu erhalten und zu schützen.

Sexualität diente damals und auch heute in erster Linie einem intakten Sozialverhalten der Gruppe oder heute der Gesellschaft. Der weltweit anerkannte und renommierte Sexual-forscher und Anthropologe Dr. Prof. Ing. Dipl. F. Uckoff hat durch aufwendige Unter-suchungen an Fossilien herausgefunden wie sich die ursprüngliche Form der Sexualität auf die Gruppe ausgewirkt hat:

1.) Streßabbau & demzufolge eine deutliche Reduzierung der Impotenz.
2.) Geringere Aggressivität und somit keine teuren, die Gemeinschaft belastenden, Frauenhäuser.

Das Vorspiel! (schwedisch: Vergäude-Freude)

Kommen wir nun zu einigen perversen Forderungen der Frauen im Hinblick auf Sex. Zum ersten wäre da der Wunsch nach einem ausgiebigen Vorspiel. Betrachten wir auch hier unsere Ahnen. Zeit ist Geld heißt es heute, Zeit ist nacktes Überleben hieß es damals. Hinter jeder Ecke konnte ein Saurier, eine fleischfressende Pflanze oder der Macker der Alten die gerade vernascht wurde lauern. Also war die Devise - nicht lange reden, Rock hoch (damals Feigenblatt), Hose runter (damals Bärenfell) und ran an den Speck.

Weiterhin müssen wir nochmals daran erinnern, dass es sich um einen Ur-Instinkt wie Essen und Trinken handelt.

Es ist völlig auszuschließen, daß unsere Vorväter vor dem Essen das Steak geküßt und gestreichelt haben oder ihren Becher mit Met liebevolle Schmeicheleien und Kosenamen zuflüsterten. Wieso sollen dann die Männer zu Beginn des dritten Jahrtausend, wenn sie schon rattenscharf sind das zur Begattung anstehende Weibchen erst noch massieren und mit schleimigen Sprüchen, die doch nicht ernst gemeint sind, vollabern.

Der Sexualakt! (lat. Fikkus-Interuptus)

Nun zum eigentlichen Akt der Vereinigung von Mann und Frau.
Viele der heute lebenden und noch sexuell aktiven Frauen beklagen die angebliche Einfallslosigkeit der Männer beim Sex. Sie wünschen immer mal wieder neue Stellungen auszuprobieren. Dies ist eine absolute Fehleinschätzung der Männer. Allerdings kommt es, wenn die Männer einen häufigen Stellungswechsel praktizieren, dann zu der Ausrede der Frauen sie wollen Sex und keine Turnstunde. Da rennen die modernen Frauen permanent in Aerobic, Stepdance und Jazzgymnastik, bezahlen horrende Beiträge für die Kurse und für die jeweils hippsten Klamotten, aber beim dritten Stellungswechsel machen sie schon schlapp.

Als ich persönlich mit meiner Freundin die kompletten Stellungen des Kamasutra in drei Minuten und 20 Sekunden durchgemacht habe (ich war übrigens nach zwei Minuten schon fertig und habe während meine Freundin den Rest alleine gemacht hat schon eine Zigarette geraucht), kam anschließend der Vorwurf sie sei jetzt aber total geschafft und ob wir Sex oder Turnstunde hätten.

Bei der Missionarsstellung kommt der Vorwurf der Frauen.."immer das gleiche". Wenn wir sie von hinten nehmen...."Ich will dein Gesicht sehen".
Wenn sie uns reitet.....sehen wir ihr Gesicht und haben dauernd ihre Haare im Mund. In der 66er-Stellung verlangen sie von uns vorher eine komplette Unterbodenwäsche. Bei der Liebesschaukel kriegen sie einen Krampf im Arsch und bei der Lotusblüte.......kriege ich einen Krampf in den Arsch.

Der Orgasmus! (schwedisch: Flitze-Spritze)

Als Orgasmus wird der Moment bezeichnet bei dem die oder der betroffene alle Hemmungen ablegt und vollkommen losgelöst von jeglicher Ratio sich gehen läßt. (Demzufolge sind die jährlich wiederkehrenden Szenen bei C&A und Woolworth im Schlußverkauf einem kollektiven Massenorgasmus gleichzusetzen.)

Fast 80% aller Frauen behaupten keinen Orgasmus zu bekommen oder ihn sogar bewußt vorzutäuschen. Diese vorsätzliche Täuschung ist nach §0815 BVO (Beischlaf-Verordnung) strafbar und wird mit Quickys nicht unter zwei Jahren geahndet. Verantwortlich für das "Nichteintreten" von Orgasmen bei Frauen ist allerdings weder der Mann, noch der berüchtigte G-Punkt (wir gehen im folgenden Kapitel näher auf diesen ein), sondern die mangelhafte Fähigkeit der Frauen sich auf eine bestimmte Sache zu konzentrieren. Jeder Mann kennt nur zur Genüge, während er das letzte aus sich herausholt, die nervtötenden Zwischenfragen die beweisen, dass die Frau wie so oft nicht bei der Sache ist.

Hier die häufigsten Fragen oder Bemerkungen:

-Wenn du fertig bist muß ich unbedingt die Spinnweben an der Decke entfernen!

-Was soll ich morgen bloß anziehen?

-Hast du den Müll schon runtergetragen?

-Wir könnten eigentlich mal wieder das Schlafzimmer tapezieren!

-Warum darf ich das T-Shirt nur über den Kopf und nicht ganz ausziehen?

-Wie heißt du eigentlich?

Aufgrund ihrer extrem hohen Konzentrations-
fähigkeit und einem ausgeprägten Sinn für das
Wesentliche kommen Männer immer und mei-
stens sogar sehr schnell zu einem Orgasmus.

Der G-Punkt. (schwed. Rubbel-Knubbel)

Seit einigen Jahren wird der sogenannte
G-Punkt bei der Frau als luststeigernd und
letztendlich mitverantwortlich für ein
erfülltes Sexualleben diskutiert.
Allerdings ist das Vorhandensein eines solchen
Punktes bis heute wissenschaftlich stark um-
stritten und nicht nachgewiesen. Vielmehr
wird mehrheitlich die Meinung vertreten, dass
es sich um eine unterbewußte Stimulation
handelt, ausgelöst durch völlig unterschiedli-
che Reize.

Hier einige Beispiele:
    -Sicherheitsnadeln durch die
      Brustwarze gestochen!

    -Peitschenhiebe

    -Intimschmuck

    -gut gefülltes Bankkonto des Mannes

Es könnte sich dabei auch um eine Form des Selbstschutzes der Frauen handeln, die bei sexuellem Versagen die Schuld bei den Männern suchen mit der Begründung "du hast meinen G-Punkt nicht gefunden".

Das Nachspiel. (schwed. Halme-Qualme)

Nachdem bereits im Kapitel Vorspiel hinreichend die Sinnlosigkeit eines solchen erläutert wurde, ist das von Frauen häufig geforderte Nachspiel als reine Zeitverschwendung anzusehen.

Wenn der Orgasmus abgeklungen ist, ist das eigentliche Ziel einer sexuellen Vereinigung erreicht. Sportliche und gut konditionierte Männer erreichen dieses Ziel in der Regel nach zwei bis vier Minuten. Ein anschließend aufgezwungenes aneinander reiben der klebrigen und verschwitzten Körper, verbunden mit heißen Küssen, ablecken und Schweinkram in die Ohren flüstern ist absolut sinnlos. Die Regenerationszeit bei Männern, d. h. die Zeit die verstreichen muß bis der Mann wieder zu einer Kopulation in Verbindung mit einem Samenerguß fähig ist, dauert beim Mitteleuropäischen Mann ca. 4 Wochen. Die bei den Frauen so vielgerühmten Südländer, auch Latin-Lover genannt, brauchen aufgrund der höheren Temperaturen sogar im Durchschnitt 6 Wochen. Grund dafür ist der höhere Wasserverbrauch durch Schwitzen.

Weil die Männer aus den gemäßigten Zonen dieses Problem nicht haben hat sich der Spruch überliefert "Ich kann es mir ja nicht aus den Rippen schwitzen". Im Gegensatz dazu sind männliche Bewohner aus den kühlen Nordregionen bereits nach ca. 2 Wochen wieder zu einem vollständigen Beischlaf fähig. Die meisten Frauen unterschätzen die kühlen Nordländer in ihrer Leistungsfähigkeit. Zusätzlich können diese Gattung der Männer die Frauen noch deutlich stärker stimulieren, weil ihr Samen aufgrund der tiefen Temperaturen zu winzigen Eiskristallen gefroren ist. Somit ergibt sich für die Frauen ein Peeling-Effekt der eine ganz besondere Form der Befriedigung hervorruft. Allerdings brauchen sich die Männer in den restlichen Regionen unseres Planeten jetzt nicht vor jedem Beischlaf für zwei Stunden in die Tiefkühltruhe zu legen.

Aus eigenen Versuchen kann ich versichern,
dass der gleiche Effekt für die Frauen
erreicht wird wenn man den Penis mit einem
feinkörnigen Schmirgelpapier umwickelt.
Leider sind wir jetzt etwas vom eigentlichen
Thema abgekommen.
Beim Nachspiel handelt es sich nach derzeiti-
gem Kenntnisstand um eine Verwechslung des
Wortes. Im frühen Mittelalter als die Verhütung häufig sprichwörtlich daneben ging, hatte
das für die betroffenen Frauen ein "Nachspiel". Diese Überlieferung wurde falsch
übernommen und als gemütlicher Ausklang nach
dem Beischlaf interpretiert.
Abschließend gilt die These:
Nach Vollendung des Aktes kann man sich ge-
trost wieder den essentiellen Dingen des Le-
bens zuwenden.

Hier einige Beispiele:

- Auf die trockene Seite des Bettes legen.

- Eine Zigarette rauchen.

- Ein Bier trinken

- Sportschau anschauen.

- In die Kneipe gehen.

- Hundehalsband und Leine ablegen (es könnte jemand vorbeikommen).

- Anziehen und die Predigt für Sonntag schreiben.

- Leiche entsorgen und Spuren verwischen.

Die Verhütung.(schwed.Vaginale-Spirale)

Die Geschichte & die zahlreichen Variationen der Verhütung ist ein enorm komplexes Thema.

Allein die Unterscheidungsformen nach medikamentöser, mentaler, mechanischer und maschineller Verhütung erfordern eine detaillierte und ausführliche Ausarbeitung dieses Teilbereiches der Sexualität. Wir werden in einer gesonderten Ausgabe mit dem Titel "Make love – Not live" die Verhütung umfangreich vorstellen.
Hier nur einige wesentliche und als Grundinformationen erforderliche Aussagen.

Ein eher untergeordneter Bestandteil des Geschlechtsverkehrs ist die Möglichkeit der Zeugung von neuem Leben. Diese unangenehme Nebenwirkung führt häufig zu extremen Belastungen in der Folgezeit und kann sich bis zu 20 Jahren und in Einzelfällen noch länger hinziehen.

Aufgrund dieser Fehlentwicklung der Evolutionsgeschichte muß beim Beischlaf dafür gesorgt werden diese Folgeschäden zu vermeiden.

Als Grundregel gilt, -Verhütung ist Frauensache-.

Die Beste Vorsorge für den Mann ist es keine Adresse, Telefonnummern und Namen zu hinterlassen, den Wagen so zu parken dass die Frau das Kennzeichen nicht lesen kann und möglichst noch vor dem Frühstück abzuhauen.

Sollte dies nicht möglich sein, weil der sexuellen Vereinigung eine unnötig lange Zeit des Kennenlernens vorausging, muß auf andere Methoden der Verhütung zurückgegriffen werden.
Als auf den ersten Blick für Männer unkomplizierte Methode hat sich die Pille erwiesen.

Allerdings hat die Pille nicht unerhebliche Nebenwirkungen für die Männer. Oft bekommen die Frauen starken Haarwuchs an Beinen, Armen, Rücken und Zähnen, dass die Bezeichnung Bär bei der Frau eine ganz neue Bedeutung erlangt. Teilweise erfolgt auch eine Massenzunahme an den unmöglichsten Stellen. Selten läßt sich eine, für den Mann angenehme, deutliche Vergrößerung der Brüste beobachten.

Neben der Pille haben sich eine Reihe mechanischer Methoden durchgesetzt.
Die älteste und nach wie vor sicherste davon ist das Präservativ, in der Umgangssprache auch Pariser genannt. Hier handelt es sich um ein hauchdünnes Latexröllchen das an einem Ende verschlossen ist. Dieses rollt man vor dem Einführen über den bereits eregierten Penis. Die entweichende Samenflüssigkeit wird in einem eigens dafür vorgesehenen Reservoir gesammelt. Die von den Herstellern aus rein ökonomischen Gründen verbreitete Aussage ein

Kondom kann nur einmal benutzt werden ist ein weit verbreiteter Irrglaube. Zum einen läßt sich das Präservativ leicht auswaschen und trocknen, was nur notwendig ist wenn man es verleiht oder es sich um ein Gemeinschaftskondom einer WG handelt. Ist abzusehen, dass der Mann innerhalb der nächsten 48 Stunden erneut Geschlechtsverkehr hat, kann er das Präservativ auch einfach solange anbehalten.

Achtung: Vor dem Pinkeln abnehmen, da das Reservoir nur ein begrenztes Volumen hat.

Mit handelsüblicher Frischhaltefolie läßt sich durch doppeltes Umwickeln des Penis übrigens leicht ein preiswertes Kondom selbst basteln.

Weitere Methoden wie Spirale, Schaumkapseln oder Meditation werden in der schon erwähnten Sonderausgabe ausführlich behandelt. Zusätzlich auch die Frage: "Schwanger-und jetzt?"

Hier nur zum Abschluß ein paar wichtige Tips
wenn es wirklich passiert ist.

Keine Panik und Ruhe bewahren.

- -Besorgen sie in Frankreich
  die Pille RU 486.

- -Heben sie von ihrem Bankkonto
  DM 300,— ab und machen mit der Frau
  einen Wochenendausflug nach Holland.

- -Gehen sie in eine katholische
  Schwangerschafts-Beratungsstelle und
  sagen das Kind ist vom Gemeinde-
  pfarrer.

- -Leugnen sie alles ab und lassen einen
  kompletten Blutaustausch mit einer
  anderen Blutgruppe vornehmen.

Hänsel und Gretel
(oder wie Märchen entstanden)

Zwei Jugendliche ohne Knete,
er hieß Hans und sie hieß Grete,

liefen im Wald aus Langeweil
Grete war gallig und Hans war geil.

Der Hans der schöne junge Recke
schleppte mit ne große Decke.

Die Grete ging ihm hinterher
nur langsam denn sie tat sich schwer.

Als Hans sie kurz zuvor getroffen
da war die Grete schon besoffen.

Nur darum konnte es ihm gelingen
die Grete in den Wald zu bringen.

Da war die Lichtung - sie waren am Ziel
doch für Grete war es zuviel

sie dreht sich kurz und kuckte dumm
sie kotzt ihn voll und fiel dann um.

Die Grete blieb ganz einfach liegen
und war auch nicht mehr wach zu kriegen,

so hatte es sich unser Held
nun ganz bestimmt nicht vorgestellt.

Doch was ihn nun am meisten störte
was - wenn es jemand anders hörte,

mit einem Mädchen auf der Decke
und er blieb dabei auf der Strecke.

Das darf nicht wahr sein - oh welch Graus
doch dann dachte er sich etwas aus.

Sie kamen an eine kleine Hütte
darin lebte eine alte Hippe.

Sie war erst nett - dann ziemlich toll
und stopfte sie mit Süßem voll.

Der Grete war schlecht
und kotzt wie ein Gaul
der Hans im Affekt
haut der Alten aufs Maul.

Dann hauten sie ab
als die Grete genesen
genau so war es,
so ist es gewesen.

Ich muß nicht erwähnen
was dann noch passierte.
Kein Mensch der es glaubt,
geschweige kapierte.

Darum heißt es heut
noch nach etlichen Jährchen
"Was soll denn der Mist
erzähl keine Märchen".

Daher kommt der Name
und ist heute schon Kult
was wir immer schon wußten
eine Frau war daran schuld.

Fazit:

Wollt ihr nicht lügen,
dann ihr Männer bleibt kalt
und geht nicht im Dunkeln
mit einer Frau in den Wald.

Was red ich den da,
das glaub ich doch kaum,
mit einem Hasen im Wald
ist doch für alle ein Traum.

Daher ihr Männer,
seid nicht cool und gediegen,
sondern lügt wie verrückt,
bis die Balken sich biegen.

Denn Männer die lügen
und saufen viel Bier,
niemand sonst erzählt Märchen
so schön wie wir.

Denn eines ihr Frauen,
ist nicht zu widerlegen
ohne euch Weiber hätte es Märchen
erst gar nie gegeben.

Schlußwort

Sie haben es geschafft. Bestimmt denken sie jetzt was für tolle Typen müssen das sein, die solche Geschichten erzählen können. Nur unsere Bereitschaft immer an unsere Grenzen zu gehen, ja sogar die Grenzen immer weiter zu verschieben hat es möglich gemacht das alles zu erfahren und letztlich auch zu überleben. Oft dem Wahnsinn nahe haben wir uns gegenseitig wieder aufgebaut und angespornt. ^

So wie der Bergsteiger immer höher hinauf muß, der Taucher immer tiefer hinunter will, der Talk-Show Moderator immer dümmere Gäste braucht... .

Genauso brauchen wir die Gefahr wie unser täglich Brot. Oft mußten wir tagelang ohne Abendbrot ins Bett oder hatten keine frische Wäsche mehr im Schrank, haben uns standhaft geweigert zu duschen oder den Müll runterzutragen. Wurden geschlagen und verachtet deswegen aber trotzdem oder gerade deshalb... .

..Frauen wir lieben euch!